Uri Shulevitz
EL TESORO

Traducción de Maria Negroni

MIRASOL / *libros juveniles*
Farrar, Straus and Giroux
New York

Original title: *The Treasure*. Text and pictures copyright © 1978 by
Uri Shulevitz. Spanish translation copyright © 1991 by Farrar, Straus
and Giroux. All rights reserved. Library of Congress catalog card
number: 91-31079. Distributed in Canada by Douglas & McIntyre
Ltd. Printed and bound in the United States of America by Berryville
Graphics. Mirasol edition, 1992. Mirasol paperback edition, 1999

A Gertrude Hopkins
y a Peter Hopkins,
que me enseñaron las técnicas de los grandes maestros

Había una vez un hombre cuyo nombre era Isaac.

Vivía en una pobreza tan grande que una y otra vez
se iba a dormir con hambre.

Una noche, tuvo un sueño.

En el sueño, una voz le indicó que fuera hasta la
capital del reino y que buscara un tesoro debajo
del puente a un lado del Palacio Real.

— Es sólo un sueño —, pensó al despertar y no le
prestó atención.

El sueño se repitió. Pero Isaac siguió sin prestarle atención.

Al volver el sueño por tercera vez, se dijo:
— A lo mejor es cierto —, y entonces emprendió su
viaje.

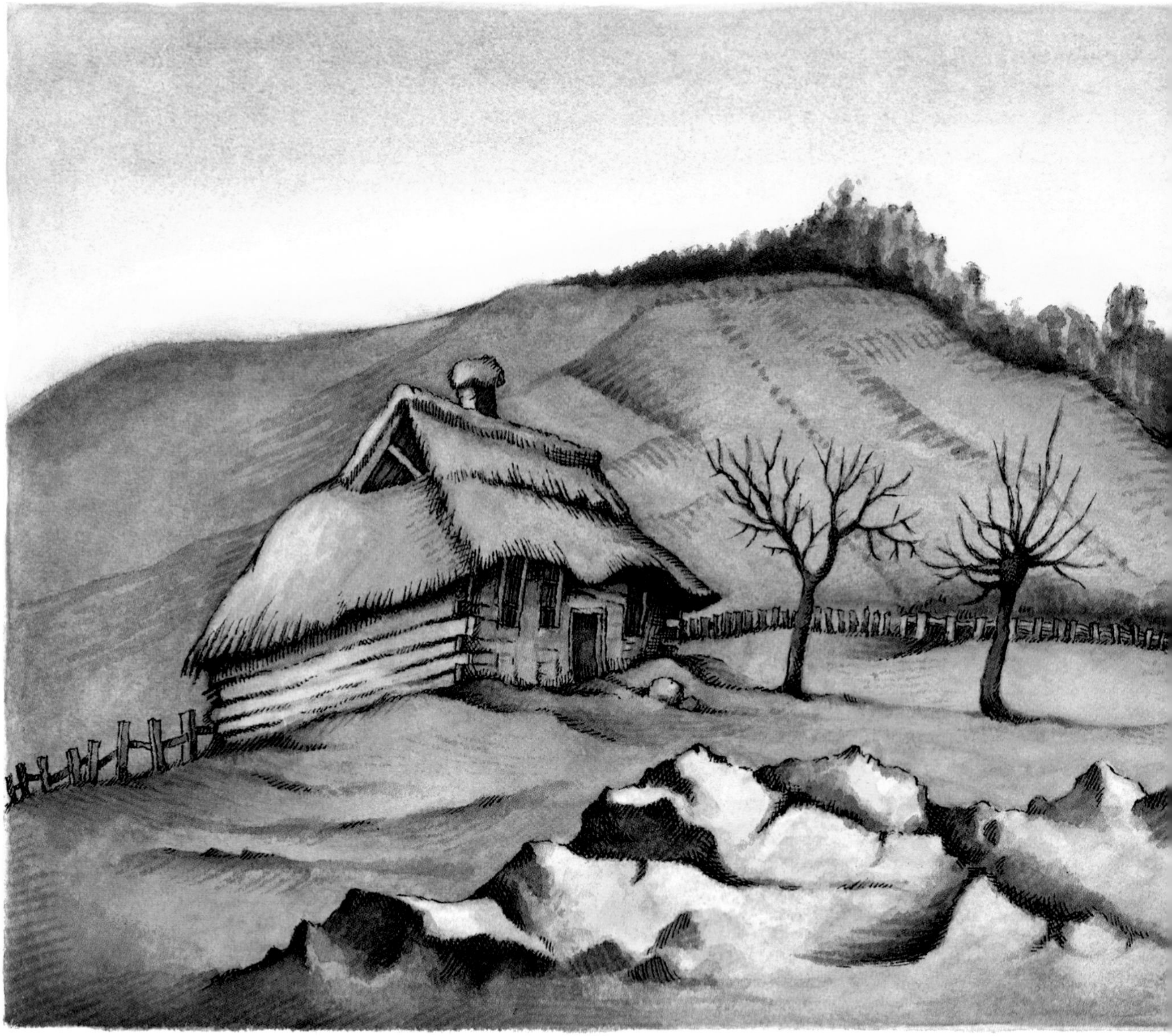

De vez en cuando, alguien lo llevaba unos pasos.
Pero la mayor parte del camino, lo hizo a pie.

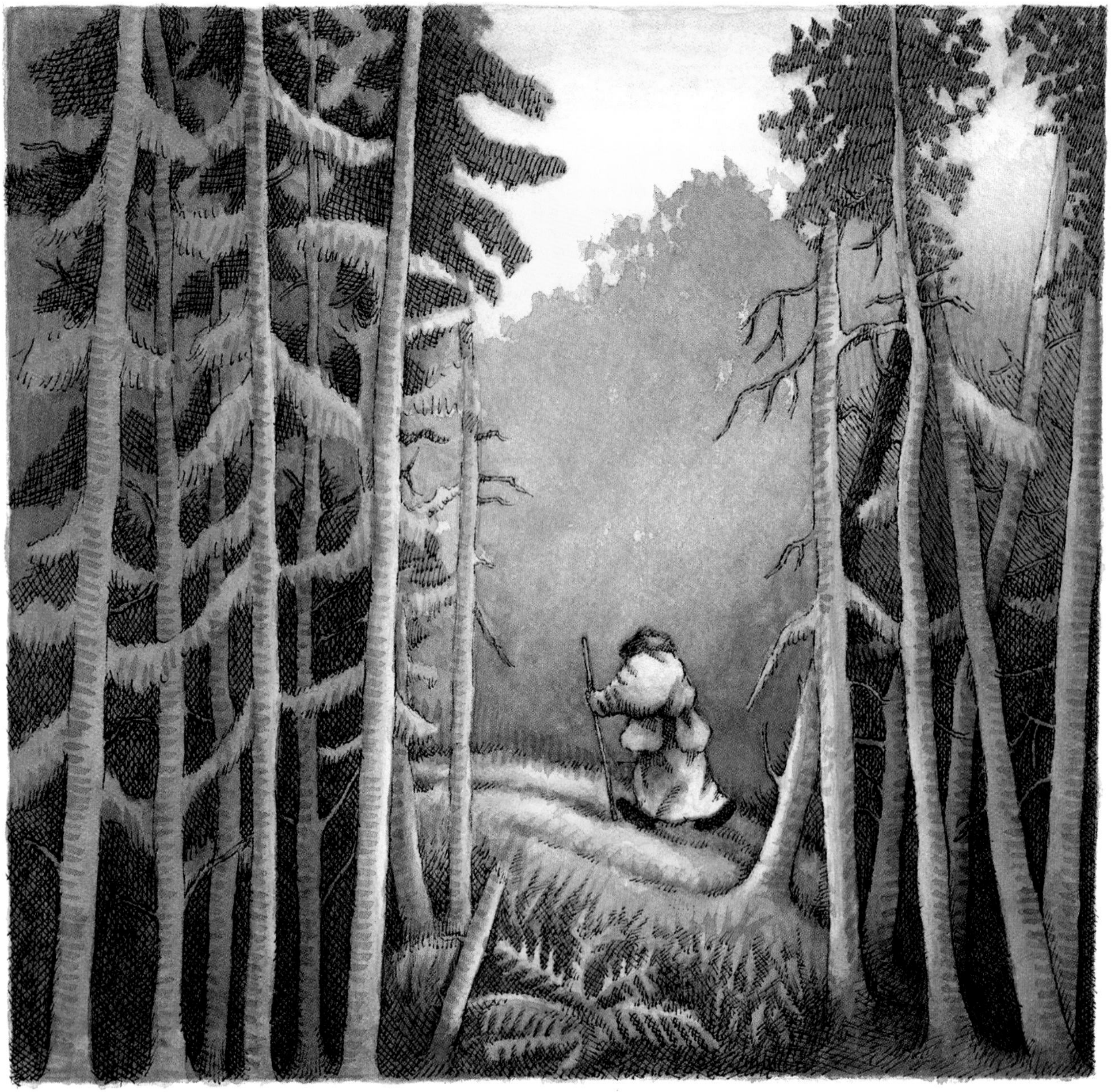

Atravesó bosques.

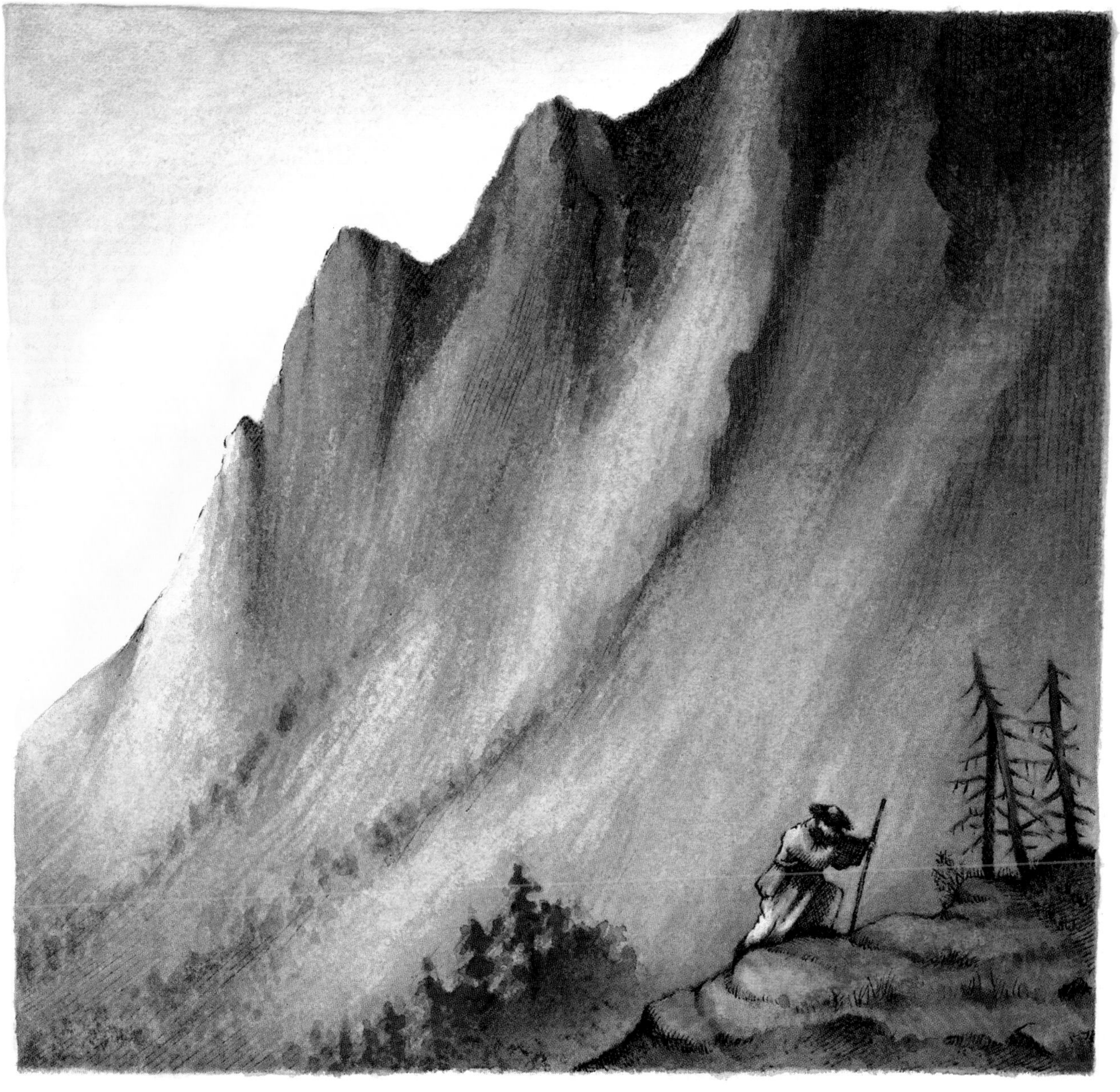

Cruzó montañas.

Por fin, arribó a la capital del reino.

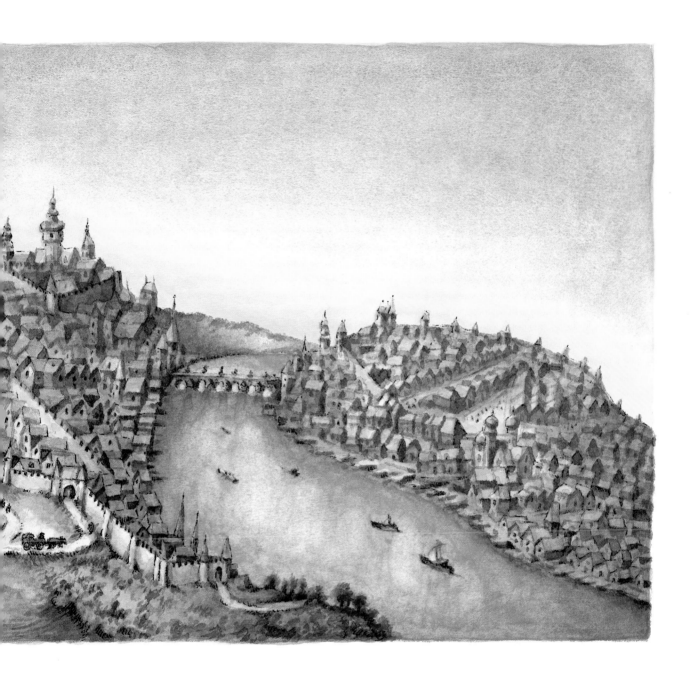

Pero cuando llegó al puente que estaba a un lado del Palacio Real, vio que había custodia noche y día.

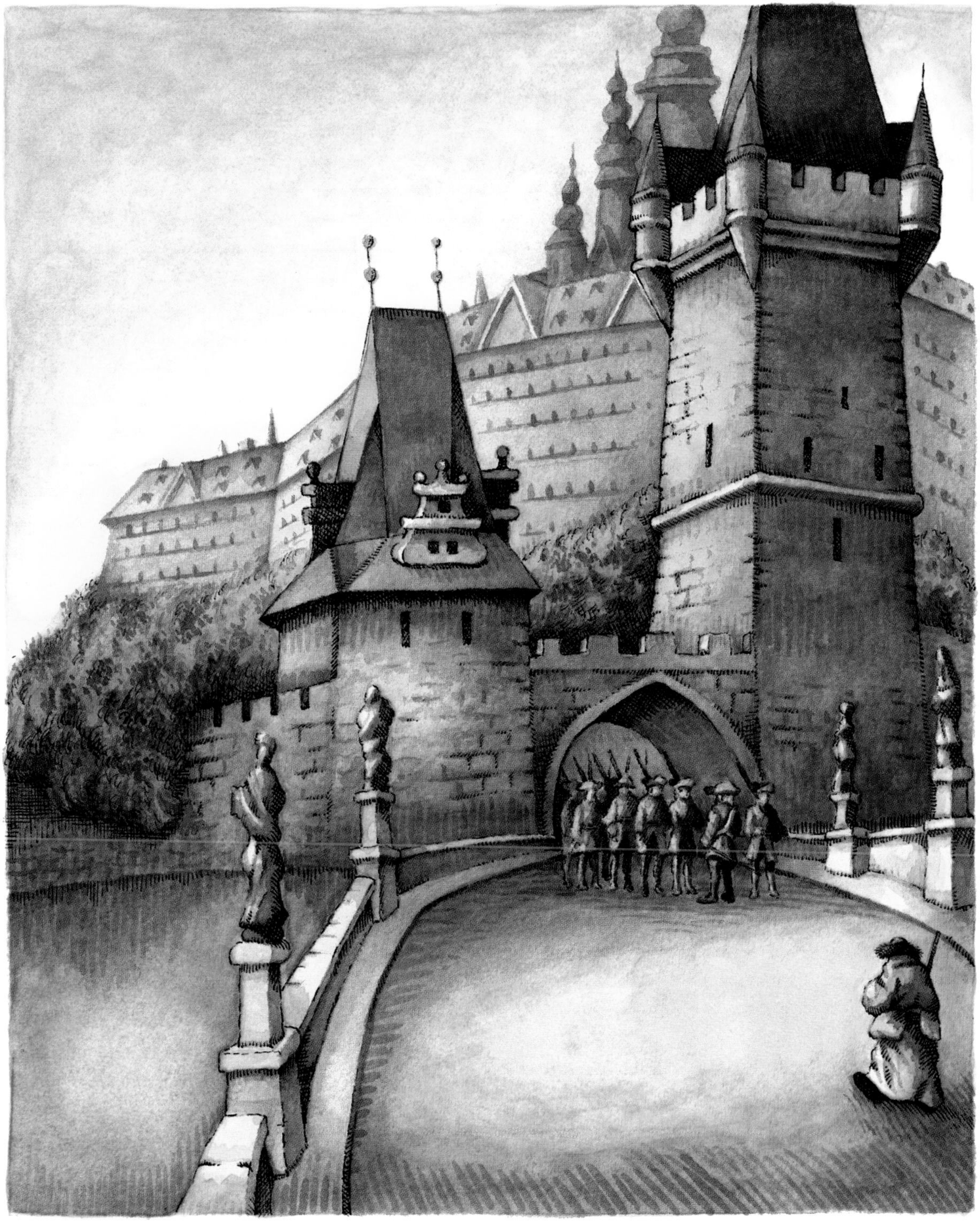

No se atrevía a buscar el tesoro.

Sin embargo, cada mañana regresaba al puente y merodeaba por sus alrededores hasta el anochecer.

Un día, el capitán de los guardias le preguntó:

—¿Qué buscas aquí?

Isaac le contó el sueño. El capitán se echó a reír.

— Pobre infeliz —, le dijo, — ¡qué pena haber estro-
peado tus zapatos por un sueño! Mira, si yo diera
crédito al sueño que tuve una vez, iría ahora mismo
a la ciudad de donde tú vienes y buscaría un tesoro
bajo el horno de la casa de un hombre llamado
Isaac. Y se rió de nuevo.

Isaac hizo una reverencia al capitán y emprendió el largo camino de regreso a casa.

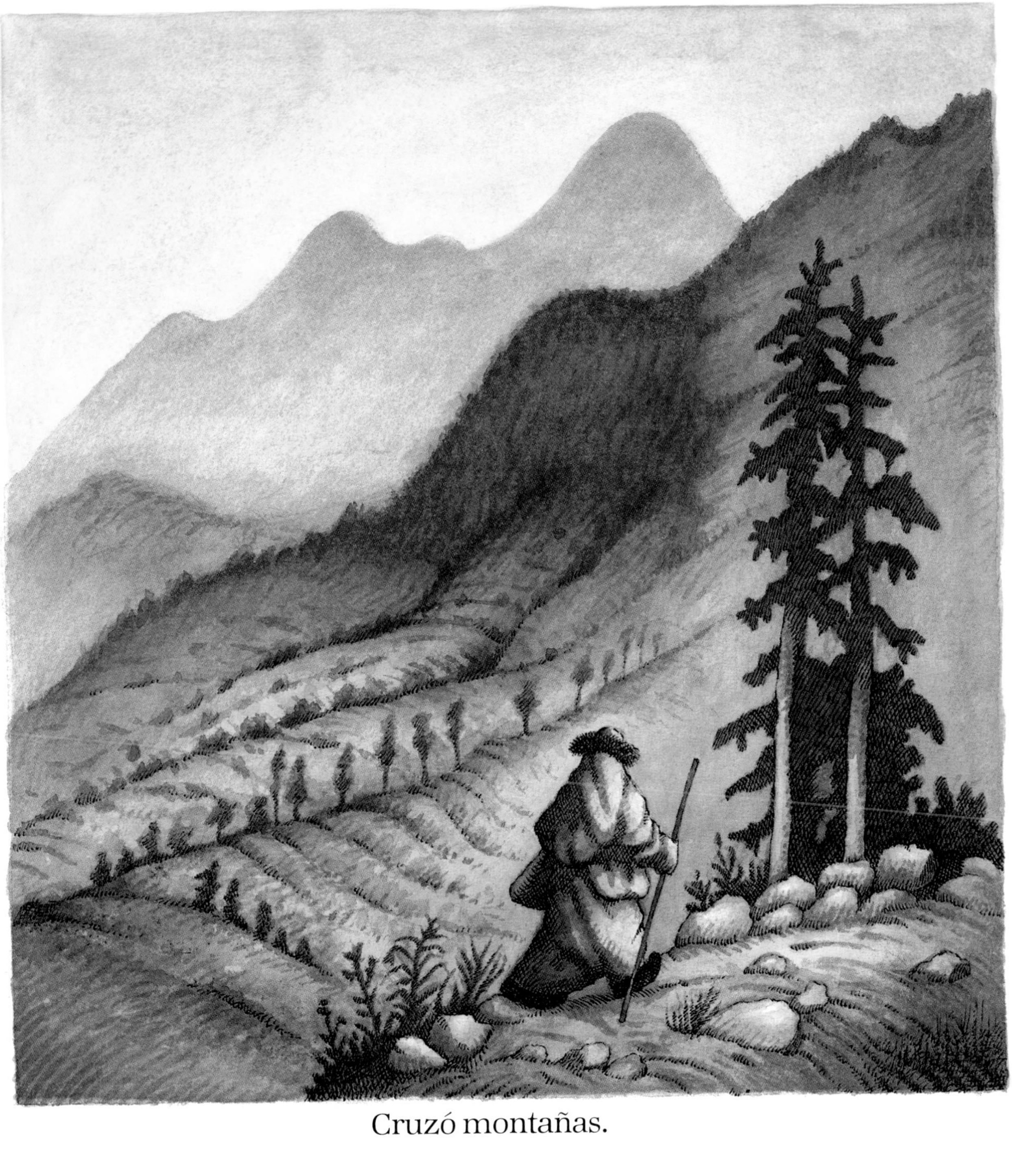

Cruzó montañas.

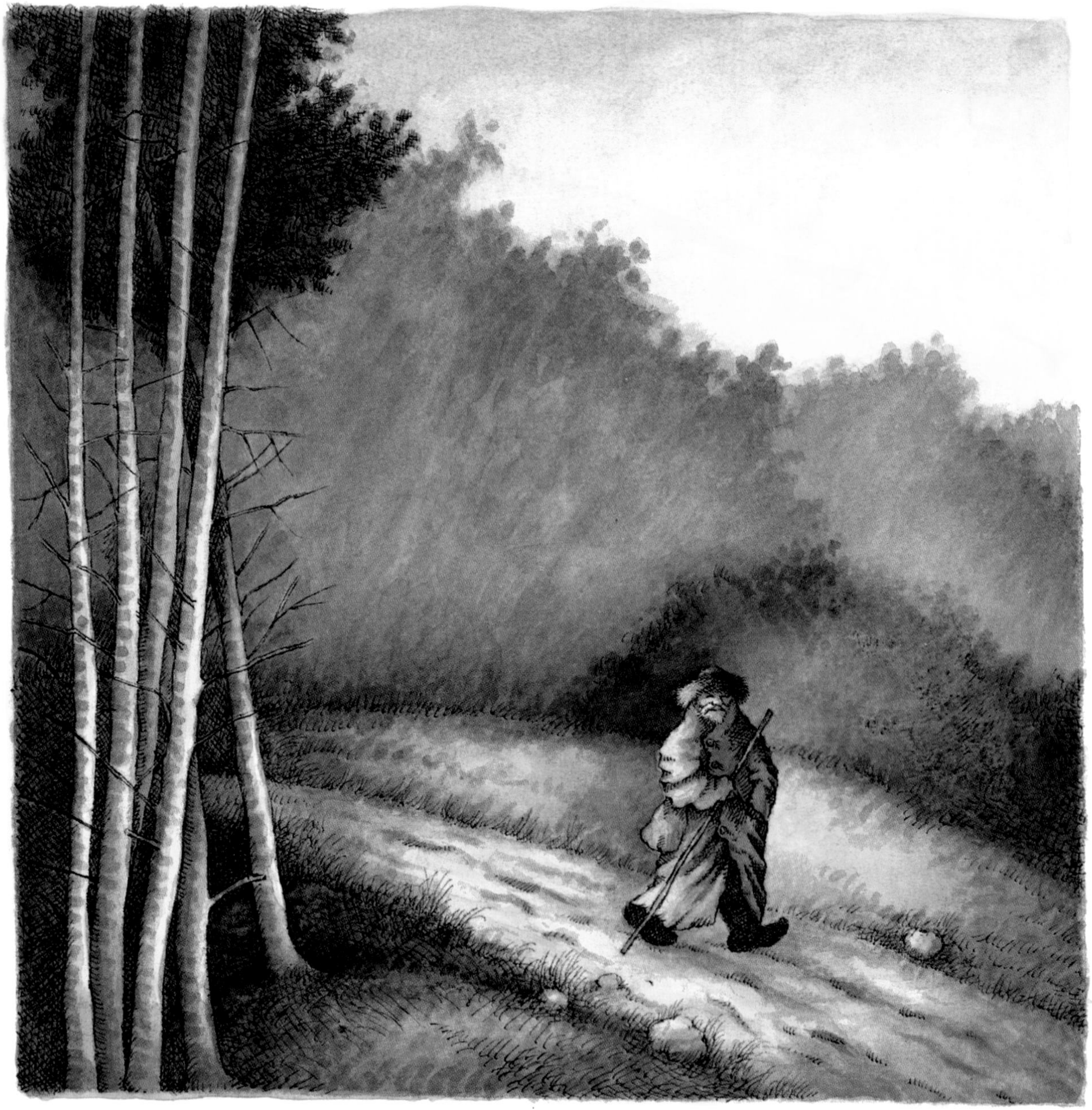

Atravesó bosques.

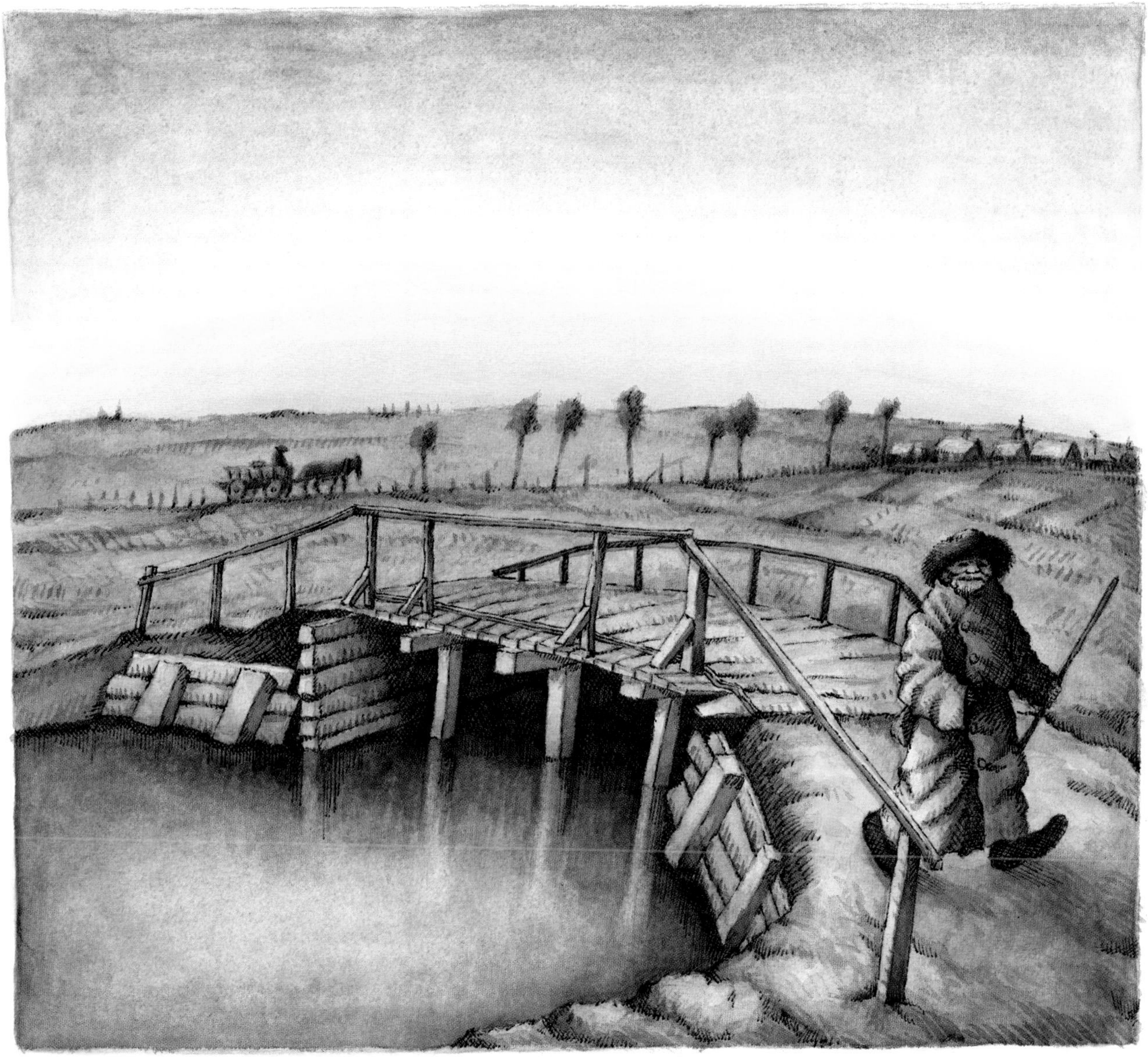

De vez en cuando, alguien lo llevaba unos pasos.
Pero la mayor parte del camino, lo hizo a pie.

Por fin, llegó a su propio pueblo.

Una vez en su casa, excavó bajo el horno y allí dio con el tesoro.

En agradecimiento, construyó un templo y en uno de sus rincones colocó una inscripción: *A veces hace falta viajar lejos para descubrir lo que tenemos cerca.*

Isaac envió al capitán de los guardias un rubí magnífico, y por el resto de sus días vivió en armonía y nunca más volvió a ser pobre.